AF728192

1912 Octobre 14.

VENTE

DES

Lundi 14, Mardi 15 et Mercredi 16 Octobre 1912

Hôtel des Commissaires-Priseurs

10, RUE JEAN-ROISIN

à **LILLE**

EXPOSITION : Dimanche 13 Octobre 1912
de 10 h. à midi et de 2 h. à 4 heures.

COLLECTIONS A. ANGELLIER

Professeur à la Faculté des Lettres de Lille

PROVENANT DE

Paris — Boulogne

Me L. LECLERCQ

Commissaire-Priseur

LILLE

VENTE

DES

Lundi 14, Mardi 15 et Mercredi 16 Octobre 1912

Hôtel des Commissaires-Priseurs

10, RUE JEAN-ROISIN

à LILLE

EXPOSITION : Dimanche 13 Octobre 1912
de 10 h. à midi et de 2 h. à 4 heures.

Collections A. ANGELLIER

Professeur à la Faculté des Lettres de Lille

PROVENANT DE

Paris — Boulogne

Me L. LECLERCQ
Commissaire-Priseur
LILLE

COLLECTIONS DE FEU M. A. ANGELLIER

VILLE DE LILLE

HOTEL des COMMISSAIRES-PRISEURS, 10, rue Jean-Roisin

VENTE

DE

PORCELAINES, CÉRAMIQUES, STATUETTES

ANCIENS ET MODERNES

DE LA CHINE ET DU JAPON

Porcelaines, Faïences, Grés flammés, Cristaux

ANCIENS ET MODERNES

Objets en cuivre, bronze, Fers forgés, Étains

TABLEAUX, GRAVURES, DESSINS

ANCIENS ET MODERNES

MINIATURES — OBJETS D'ART

Bois sculptés incrustés.

Pendules. — Coffrets, Boîtes en Marqueterie de Boule.

Objets divers anciens et modernes

MEUBLES ANCIENS

Gothique, Renaissance, Louis XV, Louis XVI, etc., etc.

MEUBLES ANGLAIS, MEUBLES MODERNES

Les LUNDI 14, MARDI 15 et MERCREDI 16 OCTOBRE 1912

à deux heures

Par le ministère de Me LÉONCE LECLERCQ, Commissaire-Priseur, demeurant à Lille, 78, rue de Turenne.

EXPOSITION **Dimanche 13 Octobre. Chaque jour de Vente, de 10 h. à midi.**

Ordre des Vacations

Lundi 14 Octobre :

De 1 à 104.
De 155 à 198.

Mardi 15 Octobre :

De 105 à 155.
De 199 à 312.

Mercredi 16 Octobre :

De 313 à 455.

CONDITIONS DE LA VENTE

Elle sera faite au comptant.

Les acquéreurs paieront 10 °/₀, plus 1 °/₀ de criée, en sus du prix d'adjudication.

L'exposition mettant le public à même de se rendre compte de la nature, de l'état et de la qualité des objets, il ne sera admis aucune réclamation une fois l'adjudication prononcée.

L'ordre numérique des vacations du catalogue sera suivi autant que possible.

Porcelaines. — Statuettes. — Grès. Faïences anciennes et modernes de la Chine et du Japon

1. Deux vases Chine à décor de personnages et inscriptions. Un vase potiche émaillé.
2. Un plat profond, Chine ancien.
3. Un légumier, vieille porcelaine d'Imari.
4. Une coupe, vieille porcelaine d'Imari. Une jardinière en gré sujets personnages.
5. Une corbeille à fruits et son plateau, vieux Chine.
6. Un encrier, une assiette, vieille porcelaine du Japon.
7. Six assiettes, vieille porcelaine des Indes.
8. Deux cache-pots, porcelaine des Indes.
9. Deux assiettes, deux vases, montés sur pieds bronze.
10. Un bol avec couvercle. Un plat bleu, Cie des Indes.
11. Quatre bols bleus à rehauts d'or, deux bouteilles à opium (à diviser).
12. Six bols, une lanterne de temple. Quatre assiettes vieille porcelaine du Japon (à diviser).
13. Deux divinités, porcelaine blanche émaillée (à diviser).
14. Une divinité, porcelaine émaillée.
15. Une statuette, homme.
16. Une statuette, femme.
17. Un vieillard, vieux Chine.
18. Une japonaise couchée, appuyée sur un banc, robe mauve à fin décor.
19. Une danseuse. Deux divinités persanes en terre cuite, une ayant conservé des traces de dorure, *XVe siècle.*
20. Statuette, femme agenouillée, la tête décorée de fleurs de lotus.
21. Jeune japonaise la tête ornée d'un chapeau.

22. Un ouvrier, grès ancien.
23. Un boudha doré.
24. Un philosophe, grès brun.
25. Une divinité, porcelaine émaillée blanc.
26. Un prêtre, grès émaillé bleu.
27. Un mandarin.
28. Femme allaitant son enfant.
29. Une très belle statuette, femme tenant un éventail vêtue d'une robe noire à décor blanc et or.

Haut. : 0,60.

30. Un bol vieille porcelaine des Indes.
31. Une statuette émaillée blanc.
32. Trois assiettes vieille porcelaine de Chine.
33. Deux vases anciens. Deux encriers persans.
34. Six assiettes vieille porcelaine du Japon.
35. Deux jardinières anciennes.
36. Deux tasses Chine ancien.

Deux très beaux sujets en pierre de Lardite. Une boîte belle Lardite verte.

Faïences — Porcelaines — Cristaux anciens et modernes

37. Huit pots pharmacie (à diviser).
38. Deux bouteilles pharmacie, un vase pharmacie (à diviser).
39. Deux pots à tabac.
40. Un très beau pot à tabac « America », faïence de Delft, polychrome.
41. Un pot à tabac N° II.
42. Une jardinière Rouen. Un vide-poche faïence blanche.
43. Trois potiches Delft. Deux vases Delft. Un porte-allumettes (à diviser).
44. Quatre pots pharmacie. *Époque Louis XIV.*
45. Une belle potiche Delft.

Haut. : 0,25.

46. Une petite potiche Delft.

Haut. : 0,18.

46 *bis*. Une plaque Delft représentant un paysage.

46 *ter*. Une belle potiche vieux Delft.

Haut. : 0,29.

47. Un pot pharmacie vieille faïence italienne. *1600*.

48. Deux encriers, un vase faïence blanche, un porte-fleurs applique, ancienne faïence.

49. Un encrier Rouen, une coupe terre cuite Hollande *1789*, deux bénitiers (à diviser).

50. Deux encriers *(Jacob Petit)*; un vase.

51. Deux porte-fleurs Rouen, un plat ancien avec armoiries ; un vase (à diviser).

52. Cinq vases Empire; deux petits vases Rouen (à diviser).

53. Deux très beaux groupes, sujet galant. *XVIIIe siècle*.

54. Deux beaux vases à anses, porcelaine, bleu et or, médaillons à fleurs *(Jacob Petit)*.

55. Une garniture de cheminée *(Jacob Petit)* composée d'une pendule porcelaine, vert et or, décor fleurs et deux vases.

56. Deux vases *(Jacob Petit)* médaillons fleurs.

57. Deux statuettes, saint Mathieu, saint Jean (à diviser).

58. Deux vases, deux petits vases Empire, porcelaine blanche, décor or et bleu.

59. Un baguier; un presse-papier *(Jacob Petit)*; une garniture de bureau composée de un coupe-papier, un plumier, deux chandeliers, un encrier.

60. Un sucrier ; trois tasses Empire ; un vase à diviser.

61. Un très beau bol Vieux Sèvres.

62. Un pot au lait, une tasse et soucoupe Vieux Sèvres.

63. Un vase Empire ; une tête enfant terre cuite (à diviser).

64. Deux vases *(Jacob Petit)*.

65. Trois groupes porcelaine anglaise coloriée.

66. Deux groupes porcelaine blanche anglaise.

67. Une levrette, un chien, porcelaine anglaise.

68. Un chien mouton vieille faïence anglaise ; un encrier ; groupe de chiens

69. Deux écossais, porcelaine anglaise.

70. Un Napoléon ; un groupe homme et femme faïence anglaise.
72. Deux sujets, cavaliers (à diviser).
73. Deux écossais ; un sujet deux femmes.
74. Un groupe : statuette Saint John, faïence ancienne.
75. Un vase.
76. Une soupière Moustier. Un vase.
77. Trois plats, un sucrier Strasbourg (à diviser).
78. Trois assiettes vieux Delft, un vase (à diviser).
79. Deux plats Delft polychrome.
80. Un plat Delft. Un pot vieille faïence.
81. Deux plats Rouen à la corne.
82. Deux plats vieux Bruges. Deux tasses. Un bol.
83. Quatre plats vieux Rouen.
84. Un plat Delft, un saladier (à diviser.
85. Deux soupières Bruges et Luxembourg, une boîte (à diviser).
86. Deux très beaux plats à barbe vieux Rouen (à diviser).
87. Une belle potiche vieux Delft.

Haut. : 0,30.

88. Quatre plats, une vierge faïence ancienne (à diviser).
89. Huit assiettes Rouen (à diviser).
90. Un sucrier. Un cache-pot faïence anglaise. Une coupe, *Écossais jouant de la cornemuse*, By Sir Edwin Landseer.
91. Deux plats, deux raviers, un huilier, vieille faïence.
92.
93. Deux plats à barbe, vieille faïence blanche Louis XIV, un bénitier, faïence ancienne.
94. Une potiche Delft.

Haut. : 0,29.

95. Quatorze assiettes vieux Strasbourg (à diviser).
96. Une tasse Empire, bleu de Sèvres et or.
97. Sept tasses à café, un sucrier Empire.
98. Deux vases Empire, blanc et or.
99. Un tête-à-tête Empire, composé de un plateau, deux tasses à café et soucoupes, un sucrier, un pot à crème, une cafetière, fin décor violet et or.

100. Deux corbeilles à fruits Empire.
101. Trois tasses, un sucrier, une cafetière Empire, décoré médaillons fleuris.
102. Cinq tasses à thé et soucoupes, un pot au lait, vieille faïence anglaise bleu, décor damiers.
103. Un lave-mains, pot et cuvette, deux bols à punch, un plat Empire.

Grès flammés de Dalpeyrat-Bigot

104. Deux vases grès flammé teinte chamois nuancée bleu.
Une paire vases, émaillé gris décor écrevisses.
Un vide-poche feuille, un vase, une petite jardinière grès flammé (à diviser).
Un encrier. Un vase émaillé gris décor fleurs.
Un vase grès flammé.
Deux vases grès flammé.
Une jardinière. Une coupe grès flammé.
Une jardinière.
Un vase.
Deux petits vases.
Lots omis.

Vases de Hollande, de Nevers

104. Une paire potiches Delft.
Une paire vases décor fleurs de lys.
Une paire vases cristal décor cerises.
Quatre vases de Nevers.

Cristaux de Carlsbad

104 *bis*. Une paire vases cristal blanc taillé.
Une coupe à pied cristal taillé décor émaux.
Un vase rond.

Une grande bonbonnière.
Un vase à 3 anses.
Deux coupes rondes.
Trois petites boîtes avec couvercles.
Un vase tube.
Trois coupes avec couvercles.

Cristaux anciens

105. Six flûtes à champagne, cristal taillé, Empire.
106. Deux très beaux compotiers, à piédouche, cristal taillé, Empire.
107. Deux verres gravés Empire.
108. Deux compotiers Empire.
109. Deux très beaux vases, cristal ancien de Baccarat, montés sur bronze doré, ayant figuré à l'Exposition de 1900.
Haut. : 0,43.
110. Un très beau verre cristal taillé, époque Louis XIV.
111. Deux flacons gothique dans gaines de bronze.
112. Un verre taillé et son écrin, Empire.

Bronzes anciens et modernes

113. Une petite pendule de bureau, bronze, Empire.
114. Une coupe empire, pied marbre. Un cornet cristal.
115. Une paire vases Louis XVI. Deux statuettes Louis XVI sur colonnettes marbre.
116. Deux flambeaux bronze, florentin Renaissance.
117. Deux statuettes femme, Empire.
118. Une statuette, *La Pudeur,* signé Jalerj. — Rome, 1822.
119. Aveugle conduit par un enfant. Un groupe jeune fille.
120. Deux cachets, une petite urne bronze doré, Louis XVI.
121. Une tête femme, une petite urne bronze Un encadrement pendulette, une sonnette (à diviser).

122. Une très belle statue femme, bronze, Chine.
Haut. : 0,75.
123. Un chauffe-mains Louis XIV.
124. Une chimère, bronze Chine ancien.
125. Un ange empire, un presse papier.
126. Un presse papier, sujet enfant, un petit bronze ancien, représentant un enfant tenant une oie.
127. Un amour signé KLEY, sur socle marbre ; une petite urne Louis XVI.
128. Une petite pendule Louis XV.
129. Un plumier ; un vase tulipe.
130. Une tête homme ; un petit Bacchus Louis XIV ; un bougeoir Louis XVI.
131. Un main presse-papier ; un bougeoir ; une poignée à tête romaine ; une poignée ancienne ; une applique.
132. Trois encadrements pendule Empire ; un porte-montre applique Louis XVI ; un cachet : *la Foi, l'Espérance, la Charité* (à diviser).
133. Une applique ; un plumier ; deux bougeoirs, sujet *Enfants ;* une coupe (à diviser).
134. Un tonneau ; un porte-allumettes ; une coupe ; un plumier ; un encrier bronze doré Empire ; un bougeoir Empire (à diviser).
135. Une statuette bronze ; un encrier gothique sur socle marbre.
136. Un porte-note ; un vide-poche ; un cendrier ; deux petits bougeoirs de bureau (à diviser).
137. Une jardinière gothique.
138. Statuette femme.
139. Un très beau quatryptique bronze, représentant la *Vie de Notre-Seigneur.*
140. Deux coupes bronze sur pieds marbre.
141. Un cachet gothique.
142. Deux appliques à une branche ; deux plaquettes bronze sur bois représentant la *Musique* et la *Comédie.*
143. Une statuette femme.
144. Statuette femme.

145. Un plat fonte : la *Résurrection de Notre-Seigneur.*
146. Un aigle sur socle marbre.
147. Un flambeau, femme, Louis XV.
148. Deux petits chandeliers de bureau Louis XVI.
149. Quatre porte-fleurs appliques, trois sonnettes ; deux supports de lampe empire ; deux coupes ; un plat (à diviser).
150. Statuette, femme au bain.
151. Buste Napoléon.
152. Un amour, époque Louis XIV.
153. Un coffet avec armoiries portant la date de 1177.
154. Un porte-voix bronze. Une boîte peinture fleurs, décor or.

Objets en plaqué argent

155. Un milieu de table ovale.
156. Un brûle-parfum.
157. Deux porte-légumiers Louis XIV.
158. Deux mouchettes et leurs plateaux, Louis XIV.
159. Trois chandeliers, Louis XVI et Empire.
160. Une sonnette d'église. Un porte-hosties.

Cuivre, Fers forgés, Etains anciens et modernes

161. Deux porte-clefs cuivre, deux cœurs cuivre repoussé ancien.
162. Deux appliques Louis XIV à trois branches.
163. Trois mortiers Louis XIII et Louis XIV (à diviser).
164. Un calice Louis XIV, dorure de l'époque.
165. Lot *varia :* trois appliques anges, deux poignées anciennes, deux petits supports-lampes, une médaille bronze.

166. Sept mouchettes et leurs plateaux.
167. Une applique Empire cuivre doré, un bougeoir empire.
168. Deux beaux robinets corps de dauphin, un bec de fontaine époque Louis XIV.
169. Une chaufferette Louis XIV.
170. Deux vide-poches, un encrier, un porte-montre.
171. Deux vases-urne Louis XVI. Un petit vase Louis XIV-Louis XVI.
172. Une bouilloire, une vaclette, un marabout, bouilloire à échappement de vapeur.
173. Une sonnette 1818, un plat persan cuivre.
174. Une très belle cafetière à deux robinets supportés par des amours cuivre ciselé époque Louis XIV.
175. Un plat cuivre repoussé argenté Louis XIV.
176. Un lot important de chandeliers anciens de différentes époques dont suit le détail :
176 *a*. Une paire chandeliers Louis XIV.
176 *b*. Un chandelier avec armoirie Louis XVI.
176 *c*. Quatre chandeliers Louis XIV (à diviser).
176 *d*. Une paire chandeliers Louis XVI.
176 *e*. Une paire chandeliers Empire.
176 *f*. Quatre chandeliers Empire.
176 *g*. Douze chandeliers Louis XIV.
176 *h*. Une paire flambeaux à deux branches Louis XIV.
176 *i*. Sept chandeliers Louis XVI.
176 *j*. Sept chandeliers Louis XIV.
176 *k*. Une liseuse. Deux liseuses (à diviser).
176 *l*. Deux chandeliers étains.
176 *m*. Deux veilleuses, douze chandeliers différentes époques (à diviser), deux hauts de candélabres à quatre branches, Empire.
177. Six grands chandeliers d'église Louis XIV.
178. Un très beau chandelier à sept branches, Renaissance.
179. Un chandelier roman, un bougeoir Louis XVI, un chandelier signé François Ducis.
180. Un christ roman.

181. Quatre galeries de bureau Louis XIV. Deux plaques, cuivre repoussé, amours. Trois plats. Une croix (à diviser).
182. Une petite marmite cuivre, plusieurs garnitures de colonne Empire en cuivre doré.
183. Un brasero Louis XVI, un groupe deux personnages.
184. Deux plats à barbe cuivre argenté Louis XVI.
185. Un encensoir époque Louis XIII.
186. Un très bel ostensoir Louis XIII.
187. Deux cruches à eau.
188. Une marmite cuivre Louis XIV.
189. Deux navettes à encens Louis XIV, une boîte à hosties.
190. Quatre séries de petits poids Renaissance.
191. Lots *varia :* deux cachets cuivre Louis XIV, une boîtes cuivre, etc.
192. Une croix de procession. Six icônes anciens, deux plaques-anges, provenance exposition 1900, Russie.
193. Deux surtouts de table, avec glaces encadrement bronze doré. Époque Empire.
194. Deux pistolets anciens Louis XIV.
195. Lots *varia :* chenêts, galeries de foyer, etc., de différentes époques (à diviser).
196. Une lanterne d'église.
197. Un lustre cuivre Renaissance.
198. Une balance, 1671, provenant de Jacques Michel, mercier à Lyon.

Étains anciens

199. Deux cafetières Empire.
200. Une bouteille à vin Empire.
201. Une marmite Louis XIII.
202. Une canette Louis XIV.
203. Trois pichets torses Louis XIV (à diviser).

204. Une bouillotte Louis XIV.
205. Une fontaine lave-mains Louis XIV.
206. Quatre canettes à bière Louis XIV (à diviser).
207. Une bouilloire, une théière Louis XIV.
208. Deux soupières Empire.
209. Trois grandes pintes.
210. Douze petites pintes.
211. Quatre bénitiers, 2 chandeliers anciens.
212. Lot *varia :* un pot au lait, un crémier, deux moutardiers, une coupe, un pichet.
213. Cinq calices Louis XIV (à diviser).
214. Un bougeoir étain, un pot.
215. Six plats gravés (à diviser).
216. Deux grands plats unis Louis XIII, $0^{m}52$, $0^{m}54$ (à diviser).
217. Trois plats Louis XIII (à diviser).
218. Trois plats Louis XIV (à diviser).
219. Trois plats Louis XIV (à diviser).
220. Deux grands plats ovales et un plus petit Louis XIV.
221. Quatre assiettes Louis XIV.
222. Cinq plats ronds gravés (1817-1841).
223. Un plat, une assiette Louis XVI.
224. Un plat armorié (1723).
225. Un plat à barbe Louis XIV.
226. Deux paires chandeliers Louis XIV.
227. Un moulin à café. *XVIe siècle, pièce rare.*
228. Une boite à hosties et deux burettes Louis XIV.
229. Un petit plat, un légumier, Louis XIV.
230. Un légumier et son plateau Louis XVI.

Fers forgés

231. Quatre entrées de serrure, une applique.
232. Deux bras de lanterne, fer forgé.
233. Onze fers à gaufres (à diviser). — Un soufflet-tube au feu de bois, une pince à bûches, une pelle, un casse-tison Louis XIII (à diviser).

234. Deux croix, fer forgé, Louis XIII.
235. Un très beau lustre gothique en fer forgé.
236. Beau coffret gothique.
237. Deux soufflets-tube à feu de bois, fourchettes et cuillers anciennes, fer forgé.
238. Un coffret ancien, provenance exposition 1900, Russie.
239. Un coffret fer avec initiales dorées sur le dessus. Un étrier ancien.
240. Lots omis.

Tableaux. — Gravures. Dessins. — Aquarelles. — Pastels anciens et modernes

241. École Française, Portrait de Femme.
242. École Anglaise, Beau portrait de femme en toilette de bal.
243. Paysage.
244. Martel, Paysage.
245. Ricardo Fordinol, *Coucher de soleil.*
246. L.-C. Ducornet (sans bras), Portraits au crayon, d'après un tableau de Van Dyck, dessinés avec les pieds, à Lille, en deux jours et demi, le 4 décembre 1848.
247. Réville, Paysage, dessin.
0,95 × 0,68
248. Berger et son troupeau.
249. Portrait de Mme Regnard, mère de M. Regnard, auteur dramatique, dans la rue Vieille-du-Temple. Lille, 1655.
250. Portrait de femme.
251. Portrait de femme tenant une rose, 1830.
252. *Petite paysanne dans les blés.*
253. Monticelli, Rochers.
254. École flamande. *Repas chez un Seigneur*, tableau ancien, d'après Van Dyck.
0,73 × 0,45

255. Portrait homme pastel.

0,75 × 1,00.

256. *Espagnole,* étude.
257. Justin Ouvrié, étude au crayon, quatre études au crayon.
258. *Vue d'un port,* pastel.
259. *Fleurs,* étude.
260. Portrait du duc de Reichstadt mort.
261. Portrait de femme.
262. Deux peintures sur toile.
263. Edw. Docker, *Vue de Venise.*
264. H. Caffieri, *Bateau,* aquarelle.
265. Village de pêcheurs sur un rocher.
266. Portrait de femme.
267. Portrait au crayon. Etude au crayon.
268. École anglaise : Portrait de femme.
269. Paysage, toile ancienne.
270. Paysage.
271. *Le Marais.*
272. *Vue de cimetière.*
273. Portrait de femme, aquarelle.
274. Portrait homme.
275. Portrait homme. Portrait femme, toile 1703.
276. F. Nardi, Deux vues de la Méditerranée.
277. Paysage suisse.
278. E. Warland, *Bergère et ses moutons.*
279. Raoul Boudier, Fruits.
280. *Coiffeur arabe,* étude. Paysage, aquarelle.

280 *bis*. M. Robbe. *La Moisson*, pastel, étude.

280 *ter*. *Sous bois*, allégorie, étude.

281. Portrait de jeune fille, dessin.
282. Portrait femme, 1858.
283. Monnecove, Chiens, étude ; Aquarelle ; *Moulin en Hollande.* Deux panneaux (à diviser) ; peintures armoiries.
284. *Bord de l'eau.*

0,67 × 0,55.

285. *Saint en prière*, peinture ancienne.

286. VERRAUX, Fruits et Fleurs.
287. *Vue de port.*
288. *Le champ*, étude. Tête de femme, étude. Paysage, panneau. Bateau panneau.
289. Coin de village.
290. Une vue de mer.
291. A. ROSIER, Vue de mer.
292. Femmes au bain. Léda.
293. A. LECOMTE, *Femme allaitant son enfant.*
294. *Coucher de soleil,* aquarelle. *Tête de Vierge*, carton.
295. Quatre panneaux, bouquets de fleurs.
296. J. ERCH, *Tête de Vierge.* Portrait de vieillard, 1763.
297. Portrait de jeune fille. Portrait de femme, dessin. Tête de femme, étude, pastel.
298. Deux vues de mer, aquarelle.

Gravures en noir, couleur. Images lithographie.

299. Quatre gravures : deux d'après Rembrandt ; *Scène du déluge,* d'après Girodet.
300. *Bacchantes endormies.*
Le Maître de Guitares, d'après Boucher.
300. Portrait du R. H. Joseph Addison.
300 *bis.* Portrait de Maria Scotorum Regina.
300 *ter.* Allégorie.
301. *Danse de Mariés au village*, lithographie couleurs. *Scène de théâtre en plein vent*, couleurs.
301 *bis.* JAZET. *L'occupation de l'hiver*, *L'amusement de l'hiver*, lithographie couleurs.

Miniatures

302. Portraits de Louis XVI, Marie-Antoinette, le Dauphin.
303. Très belle miniature de Michel de Bourge, par Juliette de Bourge. Beau cadre de l'époque.

304. Portrait d'enfant.
305. Portrait de femme.
306. Portrait d'abbé, légué à M. D'Estailleuse par M. de Bourge (voir au verso), Beau cadre de l'époque.
307. Portait de femme.
308. Portrait de jeune fille.
309. Bonbonnière écaille et ivoire, dessus miniature homme.
310. Portrait de Girondin.
311. Huit miniatures (à diviser).
312. Portrait femme, broche miniature homme (à diviser).

Objets d'art en marbre, ivoire
Coffrets en marqueterie de Boule
Boîtes. — Pendules. — Cachets. — Bois sculptés.

313. Coffret à bijoux, Boule.
314. Très belle boîte, Boule.
315. Encrier ébène et mosaïque ivoire.
315 *bis*. Boîte ébène et mosaïque ivoire.
316. Un coffret érable, orné de fleurs en clous d'acier.
317. Très beau coffret, Boule.
318. Coffret chêne, carrés marbre sur le dessus et les côtés.
319. Très beau coffret ancien en palissandre, avec personnages en marqueterie d'ivoire.
320. Très beau coffret ancien, incrustations de nacre et ivoire.
321. Coffret acajou, ancienne marqueterie.
322. Petit cabinet ébène, 1 porte, 6 tiroirs, paysages et personnages marqueterie d'ivoire.
323. Socle ébène, garniture bronze; boîte à jeux palissandre et ébène, boîtes diverses.

Cachets

324. Très beau cachet ivoire et Chine.
Cinq cachets cristal de roche et Chine.
Deux cachets, marques H. L. et M. S. U.
Divers cachets anciens (à diviser).

Pendules

325. Une pendule marbre blanc, à colonnes, Empire.
326. Une pendule à répétition, époque Louis XIII.
327. Deux pendules squelette.
328. Très belle pendule anglaise, acajou et cuivre, époque Louis XVI.
329. Une pendule à sujet bronze doré, Empire.

Marbres

330. *Caton* — très beau buste — *Italie.*
331. Une statuette Vierge sur socle marbre blanc. *XV*e *siècle.*

Bois sculptés

332. Deux niches en bois sculpté doré, colonnettes et chapiteaux avec têtes d'anges.
333. Cadre en chêne sculpté.
334. Lot 5 pièces :
Tabernacle en bois sculpté doré ;
Deux bouts de bois de lit enfant. Époque empire ;
Une statue de sainte Cécile. *XVI*e *siècle;*
Statue de saint Jean, chêne sculpté ;
Tête de Vierge, chêne sculpté.

335. Porte sculptée (Chine).

336. Un très beau devant de coffre, chêne sculpté. Renaissance.
1m65 × 0m70.
Un panneau, chêne sculpté, Louis XVI.
Deux traverses, porte, chêne sculpté.
0m70 × 0m23.

337. Lots importants de bois sculptés (à diviser).

Meubles anciens et modernes

338. Petit bahut chêne, époque Louis XIV, deux tiroirs, deux portes.
Larg. : 1 m. ; prof. : 0,55 ; haut. : 0,85.

349. Vaisselier Louis XIV.
Haut. : 1,60 ; long. : 2,45 ; prof. : 0,50.

340. Buffet chêne sculpté Louis XVI à deux vantaux.
Long. : 1,40 ; prof. : 0,57 ; haut. : 0,95.

341. Petite étagère Louis XVI.
Larg. : 1,30 ; haut. : 0,85 ; prof. : 0,15.

342. Vaisselier chêne Louis XVI.
Haut. : 1,34 ; larg. : 0,70 ; prof. : 0,35.

343. Vaisselier chêne Louis XIV.
Larg. : 1 m. ; haut. : 1,20 ; prof. : 0,47.

344. Coffre chêne.
Long. : 1,45 ; haut. : 0,77 ; prof. : 0,47.

345. Petite armoire Louis XIII.

346. Armoire noyer.

347. Coffre chêne.

348. Deux fauteuils Louis XIV et Louis XIII (à diviser).

349. Un fauteuil gothique.

350. Table Louis XIII.

351. Cadre chêne sculpté, Louis XIV.
0,85 sur 1 m.

352. Bureau acajou.
Long. : 1,20 ; prof. : 0,60 ; haut. : 0,70.

353. Meuble Louis XIII, acajou, marqueterie de noyer et palissandre.

354. Casier palissandre.
355. Un lutrin chêne sculpté.
356. Bureau Louis XVI.
357. Table jeu de Jacquet.
358. Casier à musique.
359. Table à jeux palissandre.
360. Table-bureau acajou, garniture baguettes cuivre, époque Louis XVI.
Long. : 1,80 ; larg. : 0,80 ; prof. : 0.73.
361. Un escabeau de bibliothèque en acajou, formant coffre pour journaux.
362. Toilette poudreuse acajou, époque Louis XVI, tiroirs, armoire dessus mobile, garniture poignées cuivre.
363. Echelle de bibliothèque à rampe acajou.
364. Très beau desservoir en acajou moucheté et marqueterie, deux armoires, à planches mobiles, quatre tiroirs, glacière, intérieur pour bouteilles, très beau meuble anglais.
Long. : 2m20. Prof. : 0m60. Haut. : 1m10.
365. Table Empire palissande, marqueterie de cuivre, deux rabattants.
366. Tabernacle en bois sculpté, peinture et dorure de l'époque.
367. Très beau bureau en érable, marquequeterie et filets ébène, tiroirs intérieur, époque Louis XIII.
368. Une table chêne Louis XIII.
369. Très beau paravent ancien à colonnettes, incrustations nacre.
370. Beau meuble en acajou garni filets citronnier, deux corps, le haut garni de glace, quatre tiroirs dont un formant bureau époque Louis XVI.
371. Deux petites vitrines bibliothèque acajou.
372. Meuble chêne, quatre vantaux, époque Louis XIII.
373.
374. Bibliothèque roulante acajou, deux tiroirs.
375. Toilette poudreuse acajou, filets de citronnier, époque Louis XVI.
376. Table acajou à rabattants.

377. Table Empire, acajou et filets citronnier.

378. Table ronde à jeu, acajou et citronnier, époque Louis XVI.

379. Grande table Renaissance, deux allonges rentrant sous le dessus, chêne sculpté, garniture cuivre.

380. Très beau bahut Louis XIV, chêne sculpté, trois portes, deux tiroirs.

Long. : 1m40. Prof. : 0m50. Haut. : 1m00.

381. Meuble Renaissance, noyer et chêne, quatre vantaux, deux tiroirs.

Haut. : 2,00. Long. : 1,55. Prof. 0,55.

382. Vaisselier chêne Louis XIII.

Long. : 1,20. Haut. : 1,30. Prof. : 0,30.

383. Deux potières chêne sculpté.

384. Quatre planches à pain, chêne sculpté, Louis XIII (Hollande).

385. Petite table, jeu de dames, ébène.

386. Une stalle chêne sculpté à deux places.

387. Un escabeau de bibliothèque formant coffre.

388. Un casier à musique.

389. Une vitrine acajou.

390. Une table de temple, bois de Teck sculpté (Chine).

391. Un grand meuble-cabinet en bois de Teck, comprenant une série de panneaux incrustés de nacre et panneaux sculptés et ajourés. *XVIIIe siècle.*

Haut. : 1m15. Larg. : 1m35.

392. Une étagère acajou.

393. Niche chêne sculpté.

394. Lot acajou (à diviser). Une stalle chêne sculpté 2 places.

395. Un haut pupitre acajou.

396. Trois petites étagères acajou.

397. Un écran Empire.

398. Niche en chêne sculpté.

399. Une jolie glace trumeau. Époque Louis XVI.

400. Belle glace en bois sculpté doré. Époque Louis XIV.

Haut. : 1m65. Larg. : 0m80.

401. Une étagère acajou, 5 planches.

402. Deux potières, chêne sculpté.

403. Niche en bois de chêne sculpté, avec statuette intérieur en ébène.
404. Belle glace Louis XIV, bois sculpté doré.
405. Petit portique chêne sculpté.
406. Petite armoire de pharmacie.
407. Petite glace ancienne.
Haut. : 0m34. Larg. : 0m40.
408. Beau pupitre en palissandre, incrustation de cuivre.
409. Socles en bois de fer.
410. Une table en bois de Teck.
411. Lot *varia* de boîtes à fusil, à outils, etc.
412. Porte sculptée, Chine.
413. Cinq bibliothèques acajou garnies, tringles de cuivre (à diviser).
414. Une très belle bibliothèque acajou, 3 corps, 3 portes vitrées, 3 vantaux.
415. Meuble Louis XVI à 2 corps, le haut vitré formant bibliothèque, 4 tiroirs, dont un formant bureau à petits tiroirs, intérieur acajou, filets bois de rose et citronnier.
416. Cadre bois sculpté.
417. Un médailler acajou.
418. Bibliothèque portative en palissandre.
419. Écran Empire.
420. Belle table de bureau en acajou, dessus mobile.
421. Deux frontons, bois sculpté.
422. Table acajou Louis XVI, à rabattants.
423. Deux potières acajou.
424. Petite armoire acajou.
425. Table acajou, liseuse à crémaillère.
426. Casier à manuscrits acajou.
427. Petite table roulante de bureau, palissandre.
428. Poudreuse acajou, dessus mobile, 1 porte, 1 tiroir, époque Louis XVI.
429. Armoire à 2 portes, chêne sculpté.
430. Deux niches chêne sculpté.
431. Deux potières chêne sculpté.

432. Commode acajou Louis XVI.

Long. : 0,90; haut. : 0,85 ; prof. : 0,50.

433. Bureau chêne Louis XVI, 3 tiroirs.

Larg. : 1,10; haut. : 1,10 ; prof. : 0,50.

434. Commode cerisier et marqueterie, époque Louis XVI.

Long. : 1,10; haut. : 0,85; prof. : 0,50.

435. Commode acajou Louis XVI, 4 tiroirs, 1 planche à tirer.

Long. : 0,80; haut. : 0,80; prof. : 0,50.

436. Bureau acajou, 4 tiroirs, époque Louis XVI.

Long. : 1 m.; prof. : 0,55; haut. : 1,10.

437. Glace Louis XIV, bois sculpté et doré.

438. Un lit acajou à colonnes garnies chapiteaux doré, époque Empire.

439. Une table à allonges, acajou massif.

440. Une grande garde-robe chêne Louis XIV.

441. Un encadrement cadre chêne sculpté.

442. Une armoire, époque Louis XVI, chêne sculpté.

443. Un canapé indien, bois de teck sculpté.

444.

445. Petite table chêne.

446. Vaisselier Louis XIV.

Long. : 1,20 ; haut. : 1,10 ; prof. : 0,47.

447. Une étagère acajou.

448. Un petit écran devant de feu avec tablette, époque Louis XVI.

449. Tabernacle bois sculpté et doré.

450. Bibliothèque acajou avec tringles, époque Louis XVI.

451. Deux potières en chêne.

452. Fauteuil Louis XIV.

453. Un cadre chêne sculpté.

454. Petite armoire, cintre acajou ciré, dessus marbre, époque Louis XVI.

455. Armoire chêne, dessus marbre, époque Louis XVI.

IMP. H. MOREL, LILLE, [illegible], RUE NATIONALE.

www.ingramcontent.com/pod-product-compliance
Ingram Content Group UK Ltd.
Pitfield, Milton Keynes, MK11 3LW, UK
UKHW032030260826
14628UKWH00006B/2851

9 782329 368993